中国诗人

U0453625

XING●
行

LV●
旅

XI●
西

BU●
部

王金海

一著一

北方联合出版传媒（集团）股份有限公司

春风文艺出版社

·沈阳·

图书在版编目（CIP）数据

行旅西部／王金海著. —沈阳：春风文艺出版社，
2017.12（2021.1重印）
（中国诗人）
ISBN 978－7－5313－5342－3

Ⅰ.①行⋯ Ⅱ.①王⋯ Ⅲ.①诗集—中国—当代
Ⅳ.①I227

中国版本图书馆CIP数据核字（2017）第290760号

北方联合出版传媒（集团）股份有限公司
春风文艺出版社出版发行
http://www.chunfengwenyi.com
沈阳市和平区十一纬路25号　邮编：110003
永清县晔盛亚胶印有限公司印刷

责任编辑：张玉虹　　　　　　　责任校对：潘晓春
装帧设计：琥珀视觉　　　　　　幅面尺寸：125mm × 195mm
印　　张：6　　　　　　　　　　字　　数：110千字
版　　次：2017年12月第1版　　印　　次：2021年1月第2次
书　　号：ISBN 978-7-5313-5342-3
定　　价：26.00元

版权专有　侵权必究　举报电话：024-23284391
如有质量问题，请拨打电话：024-23284384

总　序

中国是诗的国度。千百年来，人们沐浴在诗歌传统中，传诵着一代又一代诗人写就的经典之作。而伴随着现代社会和互联网的发展，信息的传播和接受更加便捷，诗歌的阅读与创作方式也在潜移默化中被改变，在信息量无限扩大的互联网世界，远离喧嚣、静赏诗意显得尤为珍贵。

中国诗歌网正是在这样的背景下应运而生。作为国家重点文化工程，中国诗歌网以建立"诗人家园，诗歌高地"为宗旨，迅速成为目前国内也是世界诗歌类互联网专业出版平台和中国诗坛最具权威性和影响力的文学阵地之一。

互联网时代诗歌创作的便捷激发了一大批诗歌爱好者与诗人的创作热情，他们在公交车上写诗，在工作间隙写诗，他们创作的诗歌作品贴近现实与生活，在追求好诗的道路上不断前进。春风文艺出版社有着久远的诗歌出版史，《朦胧诗选》和《汪国真诗词精选》曾一度畅销。近两年，春风文艺出版社一直致力于打造优质诗歌的品牌。本着推介中国当代诗人的原则，中国诗歌网与春风文艺出版社决定联合推荐出版"中国诗人"诗丛，共同打造"中国诗人"这一诗歌新品牌。该诗丛计划出版百部优秀诗集，在注重诗歌质量的同时，力求结合互联网与传统出版的优势，通过直观的文本呈现向读者介绍一批热爱诗歌、坚持诗歌创作的诗人，以期汇集中国当代诗歌优秀成果，展示当代诗人的创作实绩与创作风貌。

作为国家文化工程的中国诗歌网，推出"中国诗人"诗丛，也是在整个民族复兴的伟大进程中展示中国人崭新的精神风貌。因此，我们在百花齐放的诗坛，特别关注有家国情怀的厚重力作，提倡来自生活的独特发现，鼓励创新探索的艺术精品，推崇高雅纯真的诗情意趣。我们希望这套"中国诗人"丛书是体现诗坛正能量，能够引人向上、向善、向美的诗歌佳作。

我们满怀期待，我们也真诚希望广大诗人和诗歌爱好者关注这套诗丛，与诗同在，我们为此感到自豪和幸福。我们期待更多的诗人加入我们这套丛书，我们也期待这套丛书走进更多读者的心田！

叶延滨

2017 年中秋前夕于北京

序 一

诗的金海

新疆地域辽阔，多姿多彩，拥有无比丰富的物质资源，同时也有着文学艺术取之不尽的富矿。那里是舞蹈的银山，那里是诗歌的金海。

在二十世纪七八十年代之交，新疆是中国新边塞诗的发源地和大本营。以乌鲁木齐、石河子为中心聚集了大批优秀诗人，他们的作品以粗犷豪放、雄奇硬朗的风格吸引了众多读者，获得了广泛传播。随着时代的发展和生活的变迁，新边塞诗虽潮起潮落，却也始终不曾中断。因为不断有新的诗人的接续和传承，也不断有内地诗人来到新疆加入新边塞诗人的队伍。王金海就是其中的一个。他是一个开发西部的建设者，同时也是一个不断从生活矿藏中发掘诗意、挥洒激情的诗人。他是建设者与诗人的合一。现在，他又一次向世人集中呈现了诗的金海——他的第五部诗集《行旅西部》奔涌到我们面前。

王金海把他这部诗集分为五辑，五辑内容虽各有侧重，然都与西部有关，都没有离开西部的视点。虽然在第三辑中有较多的思念故乡和亲人的篇什，但也是因为身在遥远的西部，才滋生出如此强烈而浓郁的乡关之思与家园之恋。更何况，诗人的父亲在二十世纪六十年代就曾以煤炭工作者的身份支援新疆建设。作为"煤二代"的王金海不仅在工作上子承父业，而且据他在后记中的说明，他写诗也是受了父亲的影响。可见金海的父亲也是一名潜在的诗人，他未及展露的文学才华在儿子身上显示出来，通过金海的口喊出了对西部、对世界的发现：

是谁，在帕米尔高原之巅

留下这万年之谜

像是天神张弓一箭

从天山以北往南穿射而过

那天，天空湛蓝，阳光烈烈

我们徒步在弯曲的山间

这里没有成形的路径

只有苍鹰擦崖飞过

（《克州行之天门》）

　　这是诗集中的第二首，可谓出手不凡。它通过设问和想象中的视觉画面，形象逼真地把读者的视线吸引到了神奇、险峻的天门关，让人置身其中，感慨万千。从这样的诗里，我们看到了王金海的诗歌在构思及表达上的一些特点：善于捕捉事物的特征，把握瞬间感受，并运用粗线条勾勒和细小场景描绘相结合的笔法予以表现，也常常能够渲染出一种气势，造成一定的冲击力和感染力。

　　王金海笔下的西部是多姿多彩的。这里有"把身子打了个趔趄"的帕米尔高原的风，有"一身的沧桑"的雪中胡杨，有"多情的多浪河"和"梦中的喀什噶尔"，有关于祖国最西部的克孜勒苏柯尔克孜自治州、关于乌鲁木齐、关于天山、关于茫茫戈壁的一幅幅画卷，有献给西部拓荒者和边关守卫者的一首首赞歌。在他的诗里，我们可以充分领略西部风光、西部风情，感受到诗人的浪漫行吟和对西部的深情厚谊。

同样让我们受到感染的，是诗人浓浓的乡情和深深的亲情。诗集里，有的诗是专门写故乡的，有的诗是专门感怀父亲母亲的，也有些诗是在西部情怀的书写中冷不丁闪现出对故乡和亲人的怀念的。这些，相信读者在阅读这部诗集的过程中都会明显体会到。

这里，我想特别举出下面一首诗，与大家共赏：

写信，已是尘封的记忆
写信，是我曾经的爱情
写信，让我走过青春岁月

写信的年代，母亲
站在村头
左也盼右也盼

写信的日子，信纸是亲情
信封是月桥
邮票是父亲的叮咛

回味写信的过去
等是暖暖的幸福

打开信封，问及的话语
是母亲关切的抚摸

日复一日，年复一年
我慢慢变老的心，又将
翻箱倒柜，找寻
那些月落树梢的时刻

当渐渐老去，我能否拿起笔墨
铺开那沓稿纸，满满的问候
开头写下，尊敬的爸妈
最后是此致敬礼

我难以忘怀啊，那个
写信的年代

（《那个写信的年代》）

这是很有韵味和情调的一首诗，也是表达比较完整
和完美的一首诗。这里有时空跳跃，也有瞬间定格。母
亲的等待，父亲的叮咛，都是感人至深的细节。乃至书
信中看似客套的开头和结尾，也都变得格外亲切、意味

深长。怀念写信，也就是怀念那个时代里一切美好的事物。虽然流走的东西不可能再回来了，但我们会怀揣诗歌和梦想走向未来。

王金海的诗歌作品，是新的时空下一个新的西部诗人的真情演绎，质朴中有精致，粗犷中有细腻。其实，王金海不仅仅以诗歌打动人，而且他本人就是一首诗。生活中的王金海真诚善良，广受赞誉。在新疆文化艺术界，许多诗友和文学爱好者都十分敬重地称他为"王大哥""沙舟老师"。

在王金海诗集《行旅西部》付梓之际，谨以此短文聊作补白，同时表达我的祝贺，为诗的金海的又一次奔涌，为又一个西部诗人所展现的情怀。

杨志学

2017年8月7日于北京沙滩

杨志学，诗人、评论家。曾任《诗刊》编审、编辑部主任，现为中国作家出版集团文学出版部主任、中国诗歌网负责人。

序　二

脚下走出的诗意

认识诗人王金海，是一次很奇妙的缘分。这缘分来自网络，来自网上聊天。因为编辑的职业需要，我的网上QQ好友很多，而且经常有新的朋友加入，这些朋友大部分都是全国各地的作者和编辑。王金海是什么时候成为我的QQ好友的，我不知道，后来问他，他也说不知道。我们两个谁加的谁，怎么成了好友，谁都不知道，这恐怕就是天注定的缘分了。

我和王金海在网上聊了几次，聊得很投机，而且还认了老乡。我俩都是河南人，现在我俩都在乌鲁木齐定居。他曾在企业集团报社当过总编，现在是新疆一家国企公司的党委书记。我俩是老乡，又是文友，自然情趣相投，聊的话题也亲近了很多，聊得热火朝天，相见恨晚，聊得都想面见对方尊容了。约好时间和见面地点，因为第一次见面，我们双方互发了照片和手机号码。见面的时候，我奉上了我的两本书，他也给了我他的大作。席间我俩聊得更开心了，当然酒也喝得更多了。我真的感受到了酒逢知己千杯少，王金海的淳朴厚道，还有真诚和热情。

后来，王金海把他来新疆工作六年期间业余创作的诗结集成册，取名为《行旅西部》，计划出版，邀我写序，我欣然答应。不为别的，就为他热爱文学的一片真心，他对诗歌的赤诚热情。

王金海的诗集《行旅西部》分"站在高原""行旅西部""丝路如梦""诗情涌动""诗在路上"五部分，共收集了他在新疆创作的一百首诗。细细翻阅，慢慢品赏，竟能体味到中原汉子行旅西域的独特感受和深情厚谊。欣赏王金海的诗，我仿佛看到了一个跋涉万里的诗人来到了西域的疆土，风尘仆仆奔走在帕米尔高原上，缱绻徜徉在煤山矿井中，梦想飞翔在丝绸之路上，行吟在西部辽阔的戈壁大漠中，既有李白浪迹天涯的潇洒风度，又有杜甫诗风的豪气和细腻。从"就这样在风雨寒雪里行旅/我无怨无悔/迎着风雪，打拼在西部边陲/从此，我像高原上的牧者"，就可以看出诗人王金海这个中原汉子迈步行走在西域的帕米尔高原上的豪气。行旅西部，就是行走万里路，书写一路诗。王金海诗歌的风格沉郁顿挫，语言精练，结构严谨，穷工极巧，感情真挚，平实雅淡，描写深刻，细腻感人，形象鲜明。"在行旅的路上，写着更加精彩的诗行/像雄鹰一样翱翔碧海蓝天。"海阔天空，任意挥洒自如，是他的创作风格。

西部，是一个神秘的地方，也是一个充满诗意的地方。当诗人离开中原大地，走出阳关，闯进西域疆土的时候，他的心里就澎湃着诗情，奔放着诗意。王金海是成熟于中原大地的诗人，但他从小生长在西部河西走廊，他具备了诗人的气质，也拥有了诗人的诗情，骨子里奔放着大漠诗人的豪气，还有诗人的睿智和细腻。在《行旅西部》的诗集中，可以看出诗人的西部情结和梦想，还有两代人的情怀。"五十知天命，我又向西行进/走出中原，穿越戈壁/这条西行之路，父亲豪壮了一生/父亲那低沉的心愿，预言了我的行程/我崇拜父亲，父亲说是子承父业/五十余年，一手写诗一手掘金/父亲走了，接力还在继续/一生行进在乌金路上。"当年，父亲来到西部建矿挖煤，如今儿子来到西部，一手写诗，一手掘金，多么豪迈和骄傲。一首诗，写出了两代人对西部的情怀和眷恋，写出了两代人事业上的追求和奉献。

王金海是一个很有诗意的诗人。从他的《行旅西部》的诗集中，可以读到他的脚下走出的诗意。他一路走来，在帕米尔高原上歌唱，"我向往已久的帕米尔高原/终于跨越了你的神圣之门/面对边陲雪域，在高原之上/我托起，翻滚的云端/书写流韵的诗行，献给那些/在高原行旅的人们"。诗人一路走来，在荒原大漠上崇拜胡杨：

凝视你一身的沧桑

屹立在茫茫皑雪中

你弯曲的身体，在寒风雪夜里磨砺

一千年执着，你哺乳戈壁

两千年不倒，你坚守等待

三千年不枯，你见证万物生命轮回

一场雪后，你傲骨依旧

无怨无悔在西部最西

如戍边哨兵　在帕米尔山下驻扎

胡杨，大漠胡杨，你誓死不归

生与死都属于这片土地

不弃不离

（《雪里胡杨》）

一路走过，我心如高原雄鹰

不知道什么时候，平静的胸腔里

升起一座高山雪峰，在梦里

被那些草原上无垠的牧场感动

车速飞驰，我醉在高原的暮色中

（《走过帕米尔高原》）

帕米尔高原，我的血液因你的色彩而激情

我的诗歌我的情结就此开始升华

我开始深爱这片土地

（《高原五彩山》）

　　诗人不是一个观光者，也不是一个匆忙的过客，而是一个融入者，把自己的情感融入西部的疆土里，让自己成为西部的一棵树，根深深地扎入西部的土壤，汲取西部独特的营养。他写大美西部的风光、西部异域他乡的风情、留着父亲足迹的煤矿、可爱的矿工、魂牵梦萦的乡情、柯尔克孜族人的乡情风俗等，无不抒发着内心的情感和对这片土地的缱绻眷恋。诗人是个奔走的行客，也是一个勤奋的创作者。走到哪里，他的情感就倾注在哪里，他的诗歌就留在了哪里。一路奔波一路歌，作为一个中原汉子，他向往西部，迷恋西部，因为西部有他父亲当年的身影和创业的记忆，还有他的梦想。西部六年，让诗人飞翔。"整整六年，一个异乡人/注定会爱上，这个神奇的地域/脚下生了根，身体长出了翅膀/目光超过苍鹰的高度/天山，雪域，戈壁，草原，沙漠/我在西部，诗情涌动。"

西部，让诗人充满梦想，让王金海才思奔涌，诗情万丈。西部是一座宝藏，王金海就是一个探宝者。短暂的六年，王金海在西部奔走，在西部创作，写下了几百首热情洋溢、饱蘸深情的诗，《行旅西部》只是几百首诗中的一小部分。这些饱含深情的西部情诗，让我们看到了神秘的西部，大美的西部。同时，也看到了诗人王金海的西部博爱情怀。

王金海的诗写得随意，我的序也写得随意。让诗人的诗句作为结束语吧：

诗人，今夜无眠
思绪涌动在冬夜里
涨潮的键盘上，跳动

一行行美妙的诗句

诗人把夜当作诗笺
把风当作灵感的窗户
在雪的土壤里播撒诗行

（《今夜，诗情涌动》）

张新荃

2017年8月写于乌鲁木齐

张新荃：小说家、资深媒体人，《新疆作家》主编。

目　录
CONTENTS

站在高原

目　录
CONTENTS

行旅西部

目 录
CONTENTS

目　录
CONTENTS

目 录
CONTENTS

目 录
CONTENTS

诗在路上

目　录
CONTENTS

站在高原

我向往已久的帕米尔高原

终于跨越了你的神圣之门

面对边陲雪域，在高原之上

我托起，翻滚的云端

书写流韵的诗行，献给那些

在高原行旅的人们

帕米尔高原上的风

刚一出门，一阵风
就把身子打了个趔趄
帕米尔高原，这个季节
风和雪肆意地直扑而下
向塔里木盆地以东延伸

帕米尔高原上　迎风转场的
马牛羊群
赶集般低头翻山越岭
此时，牧羊的两个巴郎[①]
被风雪淹没在漫无边际的高原
说话间，被高原风刮起的雪
立地成墙

_____

①巴郎：维吾尔语，意为小伙子。

克州①行之天门

是谁，在帕米尔高原之巅

留下这万年之谜

像是天神张弓一箭

从天山以北往南穿射而过

那天，天空湛蓝，阳光烈烈

我们徒步在弯曲的山间

这里没有成形的路径

只有苍鹰擦崖飞过

此刻，我们穿越数公里寂静

看到了，天门高高挂在山峰

肃然起敬这鬼斧神工

站在天门脚下　望山兴叹

山那边，尽收眼帘的绿色草原

还有牧人牛羊　我惊叹

大自然真奇特

---

　　① 克州，指中国新疆维吾尔自治区下辖的克孜勒苏柯尔克孜自治州，简称"克州""克孜勒苏"。本诗集中多处出现的"克州""克孜勒苏"均为克孜勒苏柯尔克孜自治州的简称。

雪里胡杨

凝视你一身的沧桑

屹立在茫茫皑雪中

你弯曲的身体，在寒风雪夜里磨砺

一千年执着，你哺乳戈壁

两千年不倒，你坚守等待

三千年不枯，你见证万物生命轮回

一场雪后，你傲骨依旧

无怨无悔在西部最西

如戍边哨兵　在帕米尔山下驻扎

胡杨，大漠胡杨，你誓死不归

生与死都属于这片土地

不弃不离

走过帕米尔高原

一个旅者，像一阵风上了帕米尔

一个内地来客，从高原一路走过

背负神往，远处一闪而过的红柳

我心抚摸满沟胡杨而过

一路走来，美丽湖泊，天水一色

山峰白雪，一切的色彩在边疆和谐共处

五彩斑斓的高原，我被帕米尔彻底融化

高原山间，一曲民歌轻轻飘起

一路走过，我心如高原雄鹰

不知道什么时候，平静的胸腔里

升起一座高山雪峰，在梦里

被那些草原上无垠的牧场感动

车速飞驰，我醉在高原的暮色中

太多太多叫不上名的鸟儿，从高空俯冲而下

路边所有的草木，点缀在弯曲的河旁

那些执着的胡杨，迎着雪域驻守

写在康苏镇

西部最西，太阳落日最晚的地方
康苏，我与你在冬雪季节相遇
见到你时，唯一的色彩是一整片的白
如冰清玉洁的花样女子
当我抚摸你裸露的山崖
就像回到合黎山下我的故乡

这里，连绵起伏的山峦像一座座敖包
如云的山峰围上了一条条洁白的哈达
这里，一群建设者点燃起火红的繁忙
西部开发上了天山
这里，通关的边防高速从镇中穿越而去
上了帕米尔高原

康苏河因康苏镇而驰名
从高原穿镇而过的水流，静静去听
好似是高原风在倾诉
是苍鹰在哭泣

是雪域的泪流

大美康苏，美在你自身的五彩

中国康苏，你在祖国母亲的怀抱

高原五彩山

站在高原五彩山下，我心畅地拥入
你博大广袤的怀抱
翘首山巅，我有一种拥有你的渴望

奇丽的五彩山，你在苍鹰的尖叫声中
如展翅的流云，苍鹰因你迷人的色彩
飞得傲气，飞得更高

高原五彩，张开双臂
我被另一种茂盛的色彩震撼
此时此景，我已深深融汇在圣灵的万山中

帕米尔高原，我的血液因你的色彩而激情
我的诗歌我的情结就此开始升华
我开始深爱这片土地

人生的旅程是五彩的
没有暗淡，没有低谷
但愿此生，如高原不变的色彩

帕米尔之魂

在帕米尔，雪域风毫无遮拦
从山顶俯冲而下
寒冰刺骨

跨境而过，星点的"吉国"[①]车辆
在高原冰达坂环山穿下
暮色中，如雪里蹿出的羚羊

戴着毡帽的柯尔克孜族人
唱着孤苦的苍音
翻过山腰　追逐羊群和牧犬
朝着远乡炊烟而归

---

① "吉国"，指吉尔吉斯共和国。

阿吉公路旁的吉根

吉根，往吉尔吉斯斯坦出境公路旁的乡村
没有田禾，只有穿境而过的克孜勒苏河
牧场、红柳、胡杨和山坡宜地垒砌的石头敖包
这就是最西部，边境线上的乡村吉根

吉根是祖国大门，吉根是纽扣
吉根是高原游牧的人，吉根是胡杨
吉根是国碑上站哨的雄鹰
吉根是祖国边防的根基

在昆仑山与天山接壤处

雪白，五彩，完全为高原的主色
苍鹰从山腰俯冲而下
总也飞不过山峰，宛如母亲怀抱里的婴儿
在山腰打个盘旋，又鱼跃般落在
山的怀抱　山的脊梁　山的崖壁
羊群是上帝播撒在河谷里的珍珠

高原河谷，克孜勒苏河旁
如今，静寂多了些热闹
笔直的阿吉高速公路，从昆仑山
和天山接壤处穿越而过
像一条银色的飘带
镶嵌在高原万山。高原五月
水响敲开春梦，绿色挂满枝丫

昆仑山，西部最西
帕米尔高原，太阳落山最晚的地方
驻足此处，不忍丢下这神奇的落日

我陶醉在水草一隅，忘了归途

结了离愁。高原天际

夕阳下余晖灿烂霞光四射

西陲小镇

小镇很小，在西部边陲、高原之上

小镇街道一条，小镇人口三千有余

傍晚的小镇，被羊肉烧烤香味笼罩

清晨，小镇醒在巴郎的歌声里

短短的马路上

走来一个围着纱巾的古丽①

给这寂静的小镇增添了亮丽的色彩

小镇有小镇的快乐。古老的风俗

让他乡路人注目，邻国的车客

在街上简陋的拌面馆小憩

那吆喝声，那热情，那场景

简直像古丝绸之路上热闹的巴扎②

小镇民俗，苏式建筑

小镇是久远的历史文化缩影

---

① 古丽，维吾尔语，意为花朵。古丽系维吾尔族姑娘常用的名字。本诗集中多处出现的"古丽"泛指姑娘。

② 巴扎：维吾尔语，意为集市、农贸市场。

当夜幕降临时

好一幅落日美景，在天际盛开

这时我真想留住这最美的一刻

2015，初冬的第一场雪

2015，初冬的第一场雪
来得有点早，还没进十月
就已是雪满天山
这一场雪，悄然而降，落地无声
如飘落的棉花，如上天恩赐的灵光

帕米尔高原，雪能给山峰增添雄性
雪野中，在群山的风口上
骑着马儿的柯尔克孜族人，戴着雪白的毡帽
紧赶去了羊场，赶山的行人进了帐篷
无垠的荒漠披上了雪白的银装

初冬落雪，落在我的心上，一阵痒痛
透过落雪的远方，那些思乡的愁离
在今天落雪时疯长。在这边陲的午后
我写下满腹的诗句，为远征的矿工兄弟
带去些许温暖和祝福。又是一个落雪的日子

在寒冷的雪夜行走

肆意的雪，飘在丝绸之路上
大河沿以西的城市，乌鲁木齐
像一座城堡
雪，在这寒冷的夜空飘落
飞得不知去向，落得如此轻柔

雪中，城市的哨兵
依然在吹过的寒风中肃立
零度以下的大街，被皑雪扮得银装素裹
突袭而来的西伯利亚风，让街树不再鼓掌
路灯若明若暗，街道堆满积雪

对面的歌厅飘出维吾尔语歌曲《阿瓦尔古丽》
走过的路客，脚步咯吱作响
鹅毛样的雪，诗意般下着
此时，这座祖国西北的城池
正在酝酿明春斑斓的美景

克州乌恰，看了一场赛马

克州十月，秋高气爽
这个季节，帕米尔山下激情涨潮
膘马和牧民，从牛马羊的天堂
下山挤满了县城外的草场
马儿，名正言顺地在公路穿行
看赛者穿着节日服装

赛马场，马背骑手
戴着毡帽，腰系彩带
在赛马节愉悦纷争
今天，刚刚下过雨的草甸子
充满生机。美丽，力量，勇敢
在马背上张扬
天空中，骑手的鞭打
在荒漠放纵，显摆高原牧者的图腾

此时，箭一般的赛马
追着丢失的羔羊，向着目标冲刺

远处，看赛的牧民

在赛台上啃着馕饼呐喊

我渴慕，也来一次马背上的飞跃

喜欢你，高原的蓝和夕阳红

站立很久，这边疆高原
头顶深邃的蓝，把我紧紧吸引
高原的云，在湛蓝的天空定居
宛如戈壁上布满的植被
我喜爱，高原这蓝
伸展手臂，陶醉在壮阔的山河

始终保持，夕阳下静静地站立
看蓝天落幕的时刻
等待是一种美丽，等你夕阳中的落日
光芒四射的五彩，身旁流过
装满高原小镇的街道
我喜欢，落山的夕阳红
远处的帕米尔，向我打着手势

克孜勒苏，西部最美日落

在新疆，克孜勒苏自治州

我看到世界上

最美最美的日落

这日落，起得晚

落得晚

起时山如瘦月

落时静如水面

我喜欢，在这样美的景色里

写下最美的文字

一起拼接成诗画佳作

浪漫每一天

我以诗的表现方式

看日落夕阳

看着日落，我愉悦的心

长出翅膀，从皑皑雪域之顶

帕米尔高原

这落日的意境，粗犷的线条

我是不是

走进暖暖的童话

站在高原，凝望国门界碑

西部最西，我走过高原
想以写诗的方式
赞美她，雪域著称的神韵
刚刚起笔，却又让我
怯怯放下

这高原的胸襟，巍巍昆仑
我想，只有坚守高地的胡杨
高原下经过的河流
才懂你边关疆土的肩负

走在高原，我擦肩而过
那些守边的将士，远远招手
让我一路上心跳
我想起，诗人笔下的昆仑
曾激荡多少青春岁月

在高原，我们一步步纵深

写满诗旅的行程

湿了掠过的眼眸

国碑前，沉重而神圣的笔

再次着墨

我要诗写泱泱国土，站在高原

一切私念都将远离

仰望国门，身后的土地

九百六十万平方公里

国碑，十三亿国民的嘱托

我从高原赋诗而过

一方水土，养一方人

西部最西，一方水土
成为闻名的丝路
天山南北，是谁与万水千山相依
草原戈壁，牧人因水而居
羊群因草而肥壮。十几个民族
相聚在一起
一方茂盛胡杨，在塔里木
生是这片土地
死是这方水土

在南天山草原，那些
哈萨克族兄弟
行走高原，牧羊在草原
夜晚，男人席地而醉
清晨，女人放飞梦想
中午时节，山川留下
牧人在水旁悠扬弹唱
这里的人们，爱着这片土地

新疆，一方神奇的土地

奔放，大方，无所拘束

包容了雪域百川

你的辽阔，任风跨马驰骋

八千湘女成为戈壁母亲

百万热血铁军屯垦戍边

这片广袤的土地

一方水土，养一方人

新疆克孜勒苏印象

安静啊，这就是我刚见你的第一印象
克孜勒苏，天边的大地
昆仑山下，左边是群群牛羊
右边是胡杨、水流和草原
红色山脉冲刷成西部人的血性
还有展翅的雄鹰和高原雪

沿着往西去的阿喀公路，一直是河谷
克孜勒苏的天门奇观
是帕米尔高原上的天降神工
真让我神牵忘返
神话西游，匆匆翻越眼帘

沿着河谷，一直向西
车过乌恰，在车内我们看见最西部
最晚西落的太阳
此刻正是夏日。这边陲，那夕阳
五彩缤纷，光芒四射，静静而落

石头随想

在南疆，西部边陲，克孜勒苏
我看见形形色色、奇特各异的石头
就有一种说不清道不明的情感
心扑通扑通与故乡常常贴近牵手
石头，我憨态的童年

由于石头，我上了帕米尔
高原石头一身五彩
在河西走廊，石头竟让离乡游子
情难舍。背负行囊装上心事
捡一块石头捧一把故土忘了行程

这石头，是母亲最孝顺的孩子
生在那就守候千年万年
小河石头，生生世世听那溪流而过
山峰上的石头，日日月月在聆听
雄鹰划过的苍音，风雨雪夜的锤打

赴祖国最西部

心头一热，便踏上最西部的行程
按捺不住对这片土地的热望
知天命的年纪，让西部大开发
激情涌动。又是一次西行

五月的初夏，乍暖还寒
车窗外，戈壁上的芨芨草
宛如千年胡杨
向远方来的旅人
展示生命的执着
望不到边的雪山，在招手迎客
再往西走，就进了克孜勒苏自治州
车外，时隐时现的羚羊在赛跑

说话间，列车就进了阿图什
下车的第一印象，是个雨后的傍晚
西域色彩，是我最深的感受
昆仑山下的民族，我曾经在电视里走近

神秘、新鲜、好奇，那些奔马的场景

今天如愿以偿

克孜勒苏，注定一个新起点

我生命里程中的驿站

行旅西部

走马天山，一群汉子
汗血洒满西陲，用敢于打拼的双手
在生命禁区，冰雪世界，边疆哨所
构建大美西部
煤与雪，柯尔克孜族人奔放的图腾
在克孜勒苏光荣绽放

冬雪里的思绪

冬晨起来，整个儿的白
树白了，山白了，路白了
矿区小路，一层厚厚的落雪
增添了矿工浓浓的乡愁

走过雪地，我在思索
雪如果有生命
让记忆如路雪中的脚印
深深烙在征战的岁月中

小路寂静，雪还在落
两旁雪梅静静绽放
我想，如果能让雪花当一回信使
祝福会轻轻落在
父亲母亲的梦里

康苏，我和你今生有缘

注定了，我和你今生有缘
是你，西部最西帕米尔山下
与邻国吉尔吉斯斯坦接壤
康苏，这个中国版图上特别的小镇
就这样我和你肌肤般贴近

注定了，我一生中有你
摸爬滚打在你的心脏
我的汗水是你赐予的圣水
承诺只为你富有和强盛
走近时，胡杨红柳刚刚落叶

西部康苏，注定我和你今生有个约定
就这样在风雨寒雪里行旅
我无怨无悔
迎着风雪，打拼在西部边陲
从此，我像高原上的牧者

行进在乌金路上

两手总也洗不去的乌黑
两颗总是黑亮的眼眸
在夕阳落幕的时刻，我才穿过阴森的窄巷
行走在乌金般的路上
企盼充满爱的骄阳，暖的家园

五十知天命，我又向西行进
走出中原，穿越戈壁
这条西行之路，父亲豪壮了一生
父亲那低沉的心愿，预言了我的行程
我崇拜父亲，父亲说是子承父业

五十余年，一手写诗一手掘金
父亲走了，接力还在继续
一生行进在乌金路上
在行旅的路上，写着更加精彩的诗行
像雄鹰一样翱翔碧海蓝天

高原上的煤

你，以与世隔绝的面目
潜伏在高原丰富的地层
以深不可测的黑，与高原生生共息
你与河流山川倾诉，关于裂变的过程
还有对天地日月的期待
地层深处，这是属于你的世界

现代文明，让高原这片土地沸腾
尘封亿年的荒漠，终将缓缓打开
从此，井巷情感故事千丝万缕
属于你的黑，等待开采
你心乱如麻，岩壁紧绷狰狞的面孔
你，最终以飞天少女般的柔情
飞烟直上，向着湛蓝的天空升腾

穿越高原深处的列车

这帕米尔高原，列车从未到达
却在百米地层下缓缓穿行。轨道
弯曲延伸，总走不出高原的心地
一列列，装满乌黑的流金
也装满浓重的心事
你扭动长长的腰身，欢送出
那透亮的色彩

你的穿越，见证了我们的存在
你的穿越，见证了建设者的付出
你的穿越，与冰冷的岩壁
擦肩而过，任风梳理
任潮湿侵吞。而你
不曾改变的开拓风骨
你期待，走出高原腹地
拥抱朝阳的赐予

矿工，与城市无缘

城市，没有自己的湿地
灯红酒绿
而我们，除了头顶的灯亮
就只有四壁漆黑

矿工，城市斑马线行走的老者
匆匆忙忙的过客
一枝孤独在花瓶里的花朵
是圈在山野的羔羊

习惯在夕阳下，想着
城市的喧闹
习惯在醉酒的夜晚
和家人聊个通宵
城市，说是喜欢
却只是挂在嘴上

矿工，那些游离于

城市和山野的汉子

喜欢只属于自己那片耕地

山野，乡村，沟壑和戈壁

享受孤独

矿工，与城市无缘

初春拾景

仰望天山，四面残雪
我动情呼唤。站立矿井的身旁
我感受早到的第一缕春风
静静而立，把冬的日子收起
片片冷冻的记忆，放在我尘封的日记里
变成诗行。一阵阵哗响
我侧耳聆听，那是天山上
融化而下的水流

今早，天空飘下最后一片雪花
早班的矿工，正迎着乍暖还寒的春雪
踏着晨光赐予的祝福，向着天山挺进
又一个精彩故事将在井硐开始
这动与静在交替，这冬与春的牵手
仿佛是昨夜酣甜的春梦

天山的初春，比起中原的早春
算是姗姗来迟，是在四月的末梢

四月里，融雪后的天山

显得格外清爽。一队煤海劲旅

以诗般的激情，走马天山

以忘我的精神，谱写壮美的篇章

站在清冷的秋回味

站在清冷的秋，舍不得

丢下暖风吹过的夏

奔放的夏，让世间的色彩无限张扬

那些和我有关的风景

急不可耐，走进轻风撩动的诗行

草原上、河流旁，诗旅的行囊

让我留恋，满载而归

站在清冷的秋，紧紧把握

诗意般的秋

打开聚彩的镜头，按下快门

将金黄的美尽收

翻阅秋的日历，已是渐冷的晚秋

那一片片枯黄，像是游子

叶落的乡愁

站在清冷的秋

向着雪花飘舞的世界畅想

冬，只是我希望的春

在路途中设置的驿站

看见了寒雪的冬，之后

就是迎春花开的季节

清凉的秋，让诗旅的收成

放进深冷的雪地陈酿吧

在明年春暖花开时

让那些尘封的诗行，舒展

在春风里，诗花烂漫

天山风景

永恒在这里，沟里的石头野草
山顶的白雪。当夜幕降临
又是一沟灯火，煤车川流不息
清早天一亮，满坡的鸟叫
成为矿山愉悦的心情

当你静守在山间，对于眼前的景色
感受着幸运和满意。漫步山路
漫山的草木奇石
还有跳跃而逃的雪鸡
散发出它野性的新奇
迫使我驻足观赏
新鲜的山沟气息
那湛蓝的天空
让人流连忘返

对着一脉高高的山岭
每当我清晨醒来，第一眼看到

便是那一缕骄阳。远处翻山而下的山鸟
停落在山崖，满怀爱意地不停呼唤
一时，山坡变成美妙的歌海
这山，这夜，这草 ，这雪，这鸟，这风
始终保持与我们一致的呼吸

阅读春夜

音西春夜，暖暖的风儿吹拂着
我阅读的书页哗哗翻动
办公楼外拉煤的车声
伴着从井口传来的输煤声
当这些繁忙的韵律
飘过楼顶，翻越天山
撒满在草原雪域
我的诗稿，已是满满当当

一阵风吹过，桌上的书又翻了一页
这时，我看到上夜班的矿工
正头戴矿灯从楼前而过
他们是西部大开发忠实的实践者
正以饱满的热情，在天山深处
以健将的气势
亮剑祖国边陲
高原河流

天山下的煤

天山下，雪域里
隐藏着无数的生命标本
有树木森林，有飞鸟走兽
还有极其珍贵的高原雪莲
这雪域之下，微风中
有一股煤的味道
在数千里戈壁飘过

站立天山之上，看见每座黑色的高点
那便是煤的储场。看见从沟底
伸展的小路，那便是煤路
煤路上走过的人流，那是
我的采煤兄弟

山有山的性格，雪有雪的清冷
煤也有煤的味道。站在天山
煤和雪都在显示忠诚
煤在表达奉献，雪在展示包容

煤啊，我的兄弟我的念

这天山之煤，见证了
昔日那金戈铁马
在雪的腰部，煤流滚滚
一块块煤呈现缕缕阳光
这煤，是天山的能量
这雪，是天山夜晚离愁的星辰

康苏，在一个大风之夜

克州乌恰以西，有一个边陲小镇
在镇东坡上，那便是康苏煤矿

高原的冬季，一个大风之夜
年下的矿区，一片沉寂
大门上，昏黄的灯光忽明忽暗

寒冷漫过这个长夜
风一阵阵敲打，思念
疯长在寂静的矿路

抱团取暖，他们坚守
每一个夜晚都是一个考验
高原风起，有人在向风倾诉

灯，是高原上一颗不睡的心
是留守高原的哨兵
天亮了，风吹瘦了矿区

一夜风吹，落叶铺满矿路

这时，雪花静静飘落

随后，爆竹声声

煤 场

三月。矿山煤场一天天拔节
就像高原上的云端，输送带上
煤在选煤女工的指间流淌

井下与地面，提升机牵手钢丝绳
把阴湿的煤提升
在朝阳下沐浴

乌色的煤，在朝阳里灿烂微笑
滚滚的煤，在高原变成新鲜的色彩
你黑黑的金，为高原添了异彩

房前屋后的杨树

乌鸦，在屋后的杨树林里谢幕
房前，树枝添了新芽
阳春三月
高原抹绿的春

矿区小路，一旁的湿地
蒲公英伸展出柔软的小腰
在春的清晨簇生，在高原
每一处绿都有新奇的故事

高原春来得晚。这诗意的春
开采者等你如隔三秋
等你等得，心里隐隐作痛
绿，是高原一年四季的盼

聆听矿山春早

每一个早晨，起床的第一件事
便是站在窗口聆听
听早晨的风声，听朝阳的升腾
听树芽的催生，听鸟儿的鸣叫
聆听山川河流、日月星辰

午后，将每一次聆听
细心收藏。等我金秋
坐在某一个夜晚，月上树梢时
慢慢品味
我眷恋高原春早
我珍惜每一次聆听

春柳絮语

春，把矿山的柳絮
满满地挂在矿路两旁
看到绿意的春，就想起
江南梅雨，黔西南的山村春色
油菜花香

常忆江南。我把高原每一处绿
当作我心中的绿洲
塞外春来晚，西部春还寒
柳是高原的早春

中原大地，柳丝挂满雨珠
燕子嬉戏，田野炊烟袅袅
帕米尔，高原上的柳
只有稀少的麻雀，在相互倾诉
千言万语的相思

高原，春阳里的矿工

春，在连绵起伏的雪域
催开了沟壑的胡杨
帕米尔，张开宽畅的双臂
拥抱暖暖的骄阳

矿工，想起口里的村野
勤劳的乡亲，躬扶牛犁
又在编织希望。那朝阳的金灿
田间埂头，一准儿是一幅最美的画卷

高原上，矿工伴着春阳归来
矿工是一座大山。早出晚归
与高原比肩
你的脚步，是高原的疾风

你，把青春献给了高原
你的豪迈，是一行壮丽的诗句
你的心境，是春的诗序

你的脚下，种下满满的新诗路

矿工，不怕离家太远
一车车从高原深处运出的煤炭
被西部春阳燃烧
高原，已悄悄融入矿工的血脉

荒原夕阳里的井架

放眼望去
空旷的荒原上
一座高高的井架
让红色的河谷拥抱

我仿佛听到
高原的腹地
那乌色的流金
期待这世纪的艳遇

高原井架下，地层深处
一群普普通通、摸爬滚打的汉子
他们的喜怒悲伤
注定是荒原的生机和世界

清晨，朝阳与井架
一同起程
傍晚，夕阳和井架

踏着铿锵步伐的建设者

在荒原成为晚霞里

最美的风景

春节，我在高原留守

二〇一五年春节，我在西部高原留守
与故乡遥遥数千里
思念是今晚刚刚挂上门楼的灯笼
除夕，我醉听一曲雪域高原漫夜度过

彻夜无眠，星夜如母亲
掌上的红色蜡烛，金灿灿的
像是故乡巷子里燃放的爆竹
这一夜，我在西部高原留守

漫长的夜，一直在诗行中激动
我满足于诗的陪伴
月在牵挂，星也妩媚
夕阳里，陶醉在日落最晚的他乡

走马天山的汉子

怀着一腔热血，走近克孜勒苏
你们热血沸腾。十六人的队伍
二〇一二年八月，背负行囊
就在这祖国的边疆线上
屯垦驻扎，拓疆人属于这片土地
行程万千里，他们志在这风和雪
戈壁与寂寞的世界

从此，这里有了绿色
有了欢笑，戈壁有了新家
一个个俊才，把青春用肩背扛
来到祖国最西部，梦想长出了翅膀
在昆仑山下，在帕米尔雪域
迎风而歌

走马天山，一群中原汉子
汗血洒满西陲　用敢于打拼的双手
在生命禁区，冰雪世界，边疆哨所

构建大美西部

煤与雪，和柯尔克孜族人奔放的图腾

在克孜勒苏的史册里光荣绽放

丝路如梦

迎着风，在故乡的月夜里
以最执着的姿态，拭目
这最深的记忆
风，牵手
走近月上树梢的西部
西部远乡，魂牵梦萦的乡情

站在远乡

站在远乡，如归乡的大雁
切切东飞。月上树梢
问候悄悄落在故居
故乡还是儿时熟悉的模样

远乡的我，把雪当作祝福
把风比作翅膀
在梦的远乡轻声呼唤
春来时节，让远乡变成思乡的小径

寨 子

丝路上的寨子，和明长城模样
深深印在我的记忆里。一个寨子一段历史
寨子是丢失的过去

寨子如祖母。想起她就想起寨子
想起寨子，就记得祖母
拉我坐在寨门子的身影

寨子是童年，寨子就像南方的围屋
我的母语，是在寨子里慢慢成熟
想起寨子，我便心头一热

塘　坝

南山根下的塘坝，三十年再见你
已是年过半百。凝视坝堤
水枯了，坝低了，鱼儿在泥潭中成为标本

望着低矮的塘坝，微风中的残枝河柳
在夕阳暮色中发出沉重的悲叹
站立坝上，仿佛看见童年那塘清清水域

这么多年，见到如今的模样
还是这般的冲动。这故乡，这塘坝
永远藏在心里

音 娃 山

清早起来，站在屋前
喊一声，小孩大人就一天敞亮

晌午放学，走在村头
喊一声，母亲就赶紧上了锅台

望着月亮，一群娃子
喊一声，那是梦乡里的乡音

音娃山，我常常走近你
酣甜的喊声，湿了他乡

芦草沟，我的父亲

芦草沟，在乌鲁木齐土地上
父亲一生最深的记忆
二十世纪六十年代，父亲在此释放豪情
然后匆匆而过
这里，有他难以割舍的青春季节

父亲说，煤与荒漠
是他最亲密的伙伴
井架与矿工，一件讲不完的故事
父亲自豪，是那念念不忘
井架上高挂的一缕夕阳

父亲的故事过去久远
父亲老去，芦草沟成为一种向往
踏访此地，那座锈斑的井架
那片塌落的房舍，仿佛父亲就在那里
招手迎候远道的亲人

在故乡的月夜里

我迎着风，在故乡的月夜里
以最执着的姿态，拭目
这最深的记忆。风，牵手我
走近月上树梢的西部

这西部最西，魂牵梦萦的乡情
微风里的气息，让我揪心回味
一生的走向，始终走不出戈壁

站在西部，扶摇明月
一地开花的胡麻，在金秋让我陶醉
我用心去阅读。西部这皎洁的晚上
将游子的相思收藏。梦里
泪水湿了衣裳

久远的年味儿

年，曾经在母亲缝制新衣的忙碌中
渐渐临近
隆冬里，年味裹着飘雪
父亲在回家的音讯中悄然而至
静寂的宅院，年味儿浓了

母亲在世，年味儿
是彻夜的油灯，是灶台上的清香
那个久远的除夕，母亲的虔诚
在红红的烛光里挑亮
年味儿，常常走进梦乡

小年过后，村夜篝火通红
归乡路潮涨潮涌
大年三十，一个不能或缺的团圆
是最浓最浓的亲情
年味儿，是母亲的味道
终生难忘，回味无穷

破 五

正月初五，民风
在家家户户的餐桌上张扬
一个地方一个风俗

正月里，鞭炮追逐春的脚步
正月初五，开市的忙碌
又拉开新年的序幕

破五，在左邻右舍
祝福声中传承中华美德
五千年民俗文化，勾起
沉甸甸的回忆

破五是红红的年画
破五是年的承上启下
破五是浓浓的乡土味道

那个写信的年代

写信，已是尘封的记忆
写信，是我曾经的爱情
写信，让我走过青春岁月

写信的年代，母亲
站在村头
左也盼右也盼

写信的日子，信纸是亲情
信封是月桥
邮票是父亲的叮咛

回味写信的过去
等是暖暖的幸福
打开信封，问及的话语
是母亲关切的抚摸

日复一日，年复一年

我慢慢变老的心，又将
翻箱倒柜，找寻
那些月落树梢的时刻

当渐渐老去，我能否拿起笔墨
铺开那沓稿纸，满满的问候
开头写下，尊敬的爸妈
最后是此致敬礼

我难以忘怀啊，那个
写信的年代

在元宵节读诗

正月十五，元宵煮在夜里

煮在满满的年里

又一次涨潮

今夜，又是张灯结彩

又是风花雪月

元宵节，街上挂起灯笼

雪花还在肆意放纵

年味儿，就在爆竹过后

一步步走进

猴年的日子

今晚，在大冷的西部读诗

西部的天冷，诗也透着冷

这红红的灯光，飘飞的雪夜里

每一片凋零

都带着乡客的思愁

元宵节读诗，思念

漫过心头

都市街上，远处的灯红

可是那

年年忘情的乡村老家

元宵节之夜，我读诗入梦

寄给远方的母亲

远方的母亲
月亮告诉我
今年深秋
你或有远游的计划
去看看遥远的亲人
带着你记忆里的月饼
和浓厚的河西走廊方言

你一走，家乡的院落就空了
亲爱的母亲
我在夜深人静的时候
常梦见你慈善的笑脸
弯弯的月亮挂在夜空
怎么你不能等到中秋
月圆路明

迟迟未解的母爱

在无人经过的沙滩
静静的胡杨，在春雨后
枝头绿了
并且在秋后，金黄色
又悄没声地落了
这是我的母亲

镜前，那个白发的女子
长久地注视着
镜里，她的馥郁的美丽
一去不复返
像那岁月的暮秋

她那柔润的心思，默默一生
常常被人忽略
在人生的深秋
才记起来，那一种
迟迟未解的母爱

母亲，你还在故乡吗

沙枣花，你的香风
一阵阵
拨动了我，思念的琴声

初夏的傍晚，戈壁滩上的牧马人
在故乡
唱起了我，思乡的《丝路歌谣》

夕阳，金灿灿的暮色
在静寂的田野
吻湿了我，乡愁的双眼

亲爱的母亲
你还在故乡吗
一样皎洁的月亮夜晚
在忽明忽暗的灯下
还能听到你
对儿柔婉的叮咛

你已离我而去

你已离我而去
住在异域的金色田野
白天出门唱歌
晚上回味上世未了的情缘
不缝衣
不做饭

现在，你那里
已经下雪了吧
你离我们而去
还能记得走过的前世
还记起哺育过的几双儿女

如果记得，我会去村头迎你
用诗稿铺路，以诗灯照明
让你回来的路
满满情长

我的故乡

感谢你，我的故乡
当我走向你的时候
我原想在你的怀抱，耕种禾苗
你给了我行旅的戈壁

感谢你，我的故乡
当我离开你的时候
我原想骑一匹快马，远游他乡
你给了我畅达的丝路

感谢你，我的故乡
当我归来的时候
我原想久久地吻你，这变迁的面庞
你给了我柔软的风儿

雪 莲 花

与人无争，静静开放
一朵芬芳的雪莲
在旅人心中
一身洁白
如一位亭亭玉立的纯情女子

没有人知道她的存在
她的洁白
只有雪域皑皑的天山
一个旅者
在孤独的路途上
想起她来

胡杨树下的吟唱

麻雀停止了吵闹

胡杨树染上了金黄

十月，最后那一场秋雨

淋湿了枝叶

外乡的行客

他们说：塔里木河上的水流

喜欢听丝路上的驼铃

还有用胡杨木制的筏船

艺人刀郎

今夜，你会不会坐在月下

靠着胡杨树

弹奏一曲

你我熟悉的，那一首

新疆味道的《喀什噶尔胡杨》

让那悠扬的琴声

在皎洁的夜晚

飞进胡杨树林

飞越塔里木河

飞向那静悄悄

一轮远去的夜上圆月

夏日飘来的歌声

我一直在调校琴弦中
度过我的夏日
夜晚还没有真正到来
歌词还在月光里轻柔
渴望，随风弹奏
在我心中回荡

星空还未灿烂
掠过的仅是风的低唱
我没有抚摸
她的容颜
只有风留宿赶脚的路人

也不曾听到他的清音
我一直行旅
只是听到行程的路上
飘来柔缓的远乡歌谣

故乡，只要你来

故乡，只要你来
我会站在高原的风口
迎接你风尘仆仆的身体
端上西域醇正的奶酒
让你醉在温馨里

故乡，只要你来
我会把温暖的毡房留给你
让你品尝甜蜜的瓜香
在夕阳里看最晚日落的余晖
还有从高原穿过的牧群

故乡，只要你来
我会给你一个热烈拥抱
然后牵手走近雪域高原
欣赏这寂静的西陲，去读懂
克孜勒苏河流执着的胡杨
故乡，我盼你想你

父亲故去，我已知天命

——写在父亲节

我的父亲，英年早逝

父亲的严厉

是我成长的履历

父亲的笑容

是我寒冬的暖衣

父亲在世，结实的身板

是一家人依靠的大山

父亲离去，那熟悉的身影

是我前行的引领

父亲故去，我已知天命

生儿方懂父爱

想起早年，新婚之日

当儿一声号啕

让病榻中的父亲一阵心酸

从那时，我读懂了父亲

父亲节，在边城写下满满的诗行

我想，他在天国的那边
满意我送上的节日礼物

我最尊敬的父亲
没有陪母亲走完七十三岁的年轮
撇下羽毛未丰的我们
去了天国的那边
父亲，请你在那边的路口
别让你俩错过了相见的时辰
父亲，我好想
再让你和母亲牵手
在世间，享受这美美的天伦

诗情涌动

整整六年，一个异乡人

注定会爱上，这个神奇的地域

脚下生了根，身体长出了翅膀

目光超过苍鹰的高度

天山，雪域，戈壁，草原，沙漠

我在西部，诗情涌动

今夜，诗情涌动

今晚，星光挂满天穹
激情在冬夜里伸展翅膀
城市的楼盘拔长诗情

诗人，今夜无眠
思绪涌动在冬夜里
涨潮的键盘上，跳动
一行行美妙的诗句

诗人把夜当作诗笺
把风当作灵感的窗户
在雪的土壤里播撒诗行

诗人喜欢夜的寂静
诗人感激夜的深沉
在漫长的夜里，诗人无眠

情人节，等你很久

情人节，这个久违的节日
悄悄向我们靠近，如期而至
来得那么缓慢
等得那么心动

情人节到了，痴情男女
捧着满满的语言
在春的暖阳下
把心扉打开

那些已过中年的相伴
在星光点点的今夜
也紧跟时尚，渴望
相守一生的海誓

情人节这天，我们一家五口
围着爸妈的相框
在遥远的这头，听一听唠叨
道一声问候

开满山野的生命之花

从寒冬步入暖春
风的缘故，朝阳催促
春姑娘换身绿色新装
三月，如期而至

这一天，天空格外晴朗
冬阳，紧追春的脚步
春像羞答答的少女
蒙着纱，透着娇艳

风不情愿地在冬春的门槛
打着旋涡
冬春交替，季节
越过冰封的河流

冬在河床上撕心裂肺
骄阳、河流，窃窃私语
掠过田野

一朵无名小花，在复苏的田埂

朝着晨阳微笑

春来到了

村庄、都市，花枝招展

天空，风筝多了起来

一夜间，迎春花

绽放漫山遍野

西域风月里的龟兹古国

在塔里木河流边缘，西域成为神话
龟兹，一个古老的文化符号
西域风月，将一个美丽动人的女人
藏在夜色里
散发着沙枣花香的香妃
在回喀什娘家的路上，传播佛经

龟兹，是一位柔情似水的女人
女儿国里，花艳的女子
少了一些男人的阳性，在子母河边
舞蹈春情

龟兹，千年文化
在西域的驼铃声中经久不衰
库车王府里，还坐着最后一个王爷
在传承丝路文明，乐此不倦地敲打
王府里的金钟

今天的龟兹

特色巴扎上的馕饼

神秘的龟兹女人，还有酒香

是龟兹城里最美的风景

大街小巷，古色古香

叫卖声过后，巴扎上摆摊的老人

赶着毛驴车消失在白杨夹道的路上

大漠戈壁

一条三千里的大漠戈壁，著称
丝绸之路。古道上，有山川沟壑
有大漠落日，有沙漠胡杨
有过往的客商驼队。这里还有
曾经让人愁断肠的胡马之路

大漠孤烟直。这条大漠戈壁路
残缺的烽火台，河西走廊
夜晚隐约听到霍去病征战的铁甲金戈
祁连山下，西辞的驼铃
留下汉朝女子的寸断愁肠
阳关隘口，拉骆驼的汉子
忘了众多拉客，痴情地朝东
长跪不起

在湮没的古道。大漠、楼兰女
罗布泊、神秘的客栈
几百年，探险者的行程夜夜惊魂

我想，楼兰美女的面纱被揭开

她埋葬的地方，一定在水草的边缘

生她养她的丝路古道

大漠戈壁，往日的商贸古道

那些破旧的驼帮驿站

被高速服务区替代。刀客，胡女

在美丽的牧场吆喝甜美的瓜香

这悠悠古道：那是一队被遗忘的骆驼客

红房子，小镇记忆

红色，在这个镇子

抹不去的热烈和奔放

红房子，一个甲子的时光

红房子的地方，名字叫康苏

康苏人忘了康苏，也忘不了红房子

红房子是他们显耀的资本

红房子是祖国前哨，中苏人民友情的见证

红房子有过火红的年代

承载着丰富的矿藏和激情

红房子，凝聚了民族和谐

红房子，祖祖辈辈的人们

红红的色彩，忘不了的情结

那些生于斯长于斯的老巴郎

一辈子守望，日复一日

在小镇浪漫走过

走进小镇

飘展的红旗，房顶中央的五星

舞动在古丽腰际的布拉吉

还留存着五十年代那个火红的记忆

高原峭壁上的风和雪

帕米尔，风和雪是主题
山峰为舞台
雪，在峭壁舞蹈
风是高原库姆兹琴手的乐曲

雪，如高原女子
轻轻飘来，柔软地落下
痴情地依在高原怀抱
不弃不离

风，是昆仑彪悍的胡马
风的执着
始终在峭壁嘶叫
恋恋不舍

当春天来临，高原开始瘦身
雪是牧人的毡帽
风是柯尔克孜族女人

头顶飘动的围巾

高原风雪，西部
最美的风景。这个季节
雪莲花绽放
草原上，马儿撒着欢儿
马背上，牧人歌声飘荡

新疆味道

新疆味道。美美的
甜在心里，瓜果甲天下
古丽巴郎子幸福在戈壁
露出甜蜜的微笑

新疆味道。生于斯，长于斯
在天山
能歌善舞，姑娘小伙子
起身能跳的本能，在丝路
堪称歌舞之乡

新疆味道。小巷里的美食
舌尖上的羊肉串，不重样的羊肉烧烤
马肠子、猫耳朵，成为新疆
叫得最响的美食名片

新疆味道。最地道的味儿
像吐鲁番火焰山上的热情

儿子娃娃的豪爽。来新疆
外地人忘了归家

新疆味道。到了秋天
葡萄架下，盛产甜美的歌声
伊犁河谷，满坡飘过的雪菊清香
喀纳斯，白桦树下炊烟正浓
我正融入新疆味道里

走过巴音布鲁克草原

某年夏季。是谁
在巴音布鲁克草原
拉开蒙古长调的腔音
让黄昏的草原，添了几分神秘
多了几分苍凉

行旅天山。苍鹰张开翅膀
伴随我们跨越雪域
漫过目无边际的草原
大龙池上，牛羊如珠
敖包上空，炊烟袅袅

走过巴音布鲁克草原，我的思绪
像那苍鹰的速度。张开双臂
朝着苍鹰的方向，来一个俯冲
再来一次平稳的滑行

草原上的天空，星星
来得早些

四季色版（组诗）

春

迎春花开了
雷声响了
乡下，黄土地开始耕地了
母亲，拍拍酣睡中的兄妹
殷勤地缝制耕牛的行头

夏

倾盆的大雨
撕开了天地伤痕
自然界有了夏
世间才变得
赤橙黄绿青蓝紫

秋

春华秋实。秋天
乡村一片金黄
吐鲁番葡萄下了架
城市五彩缤纷
秋开始换装
冬在立冬后临近

冬

穿一身雪白
天地一线
来时轻柔落下
去时悄无声息
乡下的炕头
母亲拨亮了油灯

夏天，晒晒满满的诗行

夏天，我喜欢将自己整个儿

拿到太阳底下晒晒

包括我过去、现在写下的满满诗行

晒晒自个儿，好让骨质多些元素

晒晒行囊，好让尘封的诗行

透进新鲜的空气

让诗句在时间的音符上

韵律更浓，意境空灵

我喜欢暖暖的夏

喜欢在夏的夜晚

听水的流音、草的响动

躺在戈壁荒漠，听马蹄飞驰

最舒心的感觉，是静静地躺在

风声轻柔的草原

朝阳下，晒晒正在萌动的诗情

蹚过流水的和田玉

千君难寻，真正的好玉
必须到新疆和田来
真正读懂玉，就必须
从长安城出发
沿着丝路戈壁向西行进

走进荒凉
体验玉的清冷
走过戈壁
见证玉的艰辛
喀拉喀什河上，淘玉人在早晨
听玉石上蹚过的流水

在和田，一河流水
承载昆仑的神秘
玉的信徒，千里迢迢
为亲情求一方佛心
为爱情表一份痴心

谁在昆仑，冰清玉洁

谁是见证，千年岁月

那些悲情，丝路上的清泪

一路洒在玉门关外

草原上，打马而过的哈萨克族古丽

某年初秋，经过伊犁河谷
那拉提草原，正是五颜六色
一位哈萨克族古丽打马而过
悠扬的歌声
洒落在傍晚的草原

黄昏的草原，正是炊烟袅袅
那位打马而过的古丽
手捧滚热的奶茶
笑脸相迎
待客是那么虔诚

草原日落，一位年老的牧人
朝着夕阳落下的地方
虔诚地匍匐，一起一落
此情此景，勾起远方的故乡
我朝着东边方向凝望

感受吐鲁番

因你，我和你
多次擦肩
戈壁之行，你是沙漠
骆驼客的驿站

六月，诱惑的绿色
让我贴近你，抚摸你烫热的肌肤
火焰山下，孙行者
在葡萄沟，捧出透亮的葡萄
招待口里来客

走近高昌、交河古城
穿越历史
聆听一场凄美的交河之恋
此时，晚风穿行在
拔秧的葡萄架上
一曲《吐鲁番的葡萄熟了》
悠扬在西域古道

走过乌鲁木齐

民国时的迪化
一处美丽的牧场
北来的季风
永远不可能抵达
雪域水流经的盆地

天山北麓，达坂城前
王洛宾的歌词里
那些上了天山的湘女
在乌鲁木齐大街
活生生，一如成排的胡杨
那些屯垦的毛头小伙
在一个叫地窝子的地方
寻找过去

六道湾，乌鲁木齐的郊区
这里，曾经有过自豪
那个年代叫支边

西山农场，老去的人们成故事

如今，青春不在

那地方已被城市淹没

夏风掠过多情的多浪河

习习凉风
引导我们去亲近
数千里的南疆
阿克苏，戈壁沙漠
一条上天所赐
穿城而过的河流

多浪河，多情的雪域水
从托木尔峰缓缓落下
如美丽彩虹
如神话银河
演绎大漠戈壁风情

塔克拉玛干，沙漠边缘的
游旅诗人，梦回三千年
海市蜃楼般盛景
夜游多浪，河水两岸
星落如雨。六月
夏风掠过多情的多浪

梦中的喀什噶尔

喀什噶尔，一座充满民族风情

古老与现代融合的城池

不知是谁在预约

常常在梦中往返

不知是谁在赴约

使得那么缠缠绵绵

老旧的城堡上，隐隐闪烁的灯光

夏风中，一如丝路驿站

旗杆上的招客油灯

城堡上的黄色旗帜，可是香妃

舞动的裙摆

千里西域，归来的香妃

曾想起，清朝皇城

那源缘难断的恩怨情长

夏日的夜晚。叶尔羌河上

胡杨树下，香妃和着

古龟兹乐声起舞，风情万种般婉约歌唱

戈 壁 雨

初夏的南方，早已梅雨连连
相比之下，戈壁雨
说来就来，如西部人的豪放
大如倾盆

戈壁上逢雨
路人只管行程
急匆匆，盼着家中那盏
点亮的暖灯

今夏，又一场大雨
博格达峰的雪域
可知道这个西部边城，雨后
将是薰衣草繁花簇拥

戈壁上，大雨中
我和草儿相遇
疑是走在江南乡村
朦胧的雨巷

红色西路

一股红流，一直向西
长驱直入黄河以西
孤军深入，征战河西戈壁
金戈铁马，祁连山下
数万英烈书写悲壮史诗

八十年时间
将军忠骨，变成不朽胡杨
士兵魂血，染洒戈壁红柳
今天，我用心缅怀
西路军魂
在英雄碑墓，献上
一束圣洁的雪莲

清明时节
带着敬仰，我以诗歌的声腔
祭奠先辈英灵
在英雄的坟茔，凝望

碑林顶端的红五星

告慰英灵，如今西路

红色之梦遍及玉门关外

乌鲁木齐，疑是银河落九天

西部，自治区首府的夜晚

我走过民族风情的大街

一伙吃货，在柴火熏烤的店铺

品尝大漠风味

纯正的腔音，老巴郎吆喝

味道真攒劲

灯光下的广场，巴郎们

挽起古丽显摆舞姿

那些夜晚，歌手

打着手鼓唱起歌

葡萄架下，摆摊的大叔

夸着哈密的瓜果

走过五光十色的大街，疑是

银河撒落九天

诗在路上

西部之旅刚刚开始

以一种肩负

愿是戈壁上一棵

挺拔的白杨

或是千年不倒的胡杨

四月，西部桃花开了

四月，杏花还未落尽
桃花又悄悄在枝头含蕾
游人，刚刚赏过杏花
又踏青在桃花园里
吟诗唱晚

粉红、粉白色的花朵
带我走近这桃园
在花的世界，我不再寂寞
怀想把春紧紧拥抱
竟忘了身在异乡

抚摸枝头
桃花已是花瓣舒展
动了春的心房
安静的山野，几枝桃花
醉了西部，也醉了
鸟语花香的四月

以一种肩负，走进西域

像一股劲风，向西
漫过阳关
以一种肩负，沿着河西走廊
在安西以西，穿越数百里
荒芜的峡口
走进西域大门

从此，开启了西部之旅
聆听沙漠，访楼兰旧貌
体验天山雪域的清冷
慕名，在伊犁河谷
与锡伯族相遇
曾经的历史，让我叹服
不为人知的西迁壮举

走近团场，将军的故事
和那些戍边战士
在这座成长的边城扎根

茂密而挺拔的白杨

像是屯垦的老兵

在昭苏，亲历了水的清澈

万垄麦田让和风轻柔

扭动丰收的喜悦

富饶的牧场，赶放着

剽悍的天马

这方净土，还有那些与水草和谐

生于斯长于斯的村庄和乡民

如是守卫疆土的哨所

西部之旅刚刚开始

以一种肩负

我愿是你戈壁上一棵

挺拔的白杨

或是千年不倒的长生胡杨

星星挂满天空的夜晚（组诗）

星星落满诗笺

今夜，星星离我们很近
像是黑幕撕开一个天洞
倾泻而下
落满街市的空巷
落进我澎湃的诗笺

今夜，星星如期而至
我的诗行，被化作金色的流光
悄悄落在故乡

故乡的星星

时光久远。星星的故事
让我如梦如幻，如痴如醉
儿时，母亲拉我看星星
嘴里哼着亮晶晶数星星

站在田间，碎花般的星星

落满手心，落在拔节的麦田

故乡星夜，安静又通亮

星星在风起的池塘

泛起粼粼波光

如银河撒满九天

星星满天的故乡夜

离也愁思也愁

在荒原戈壁赏星观月

深深陶醉在

星光微笑的戈壁

躺在荒原

我如扶摇一叶小舟

踏月遨游

我庆幸，在空寂的戈壁

有月的对话

悄悄把思念捎走

有星的陪伴

在荒凉的戈壁夜晚

享受风的轻柔

我沉浸在安静的月色里

那闪亮的北斗

可否牵动他乡的故人

装满诗心去西行

西出阳关

背负诗意的行囊

在茫茫戈壁

寻找一处安身栖息的驿站

从瓜州到敦煌

读懂了，王维的家国情怀

酒泉之夜，与西征汉兵

同卧沙场

以水当酒

聆听关外金戈铁马

一路走过

葡萄架下诗梦如画

冬不拉琴声唱醉了夕阳

在吐鲁番西三百里

纯正的花儿，听醉了

异乡之客

背负初心，西部行旅

关于未来，抖落满身尘沙

依然如初

点燃我征途的诗行

从不放弃

四月，繁殖绿色的时节（组诗）

冬雪下的绿意

冬的羽毛刚刚褪去
春便在杏花的催促下
姗姗而来。对冬
情有独钟，因为
春是冬季的婚床孕育
绿在雪的怀抱舒展

杏枝上的绿芽

不知是花催开了绿
还是绿让花掀开了春的容颜
常常忆起，早年的春来
祖母总在院落的窗台
插满粉红的枝丫

母亲说，杏花是织女

倾诉落满暖暖的四月
嫩绿的枝丫，是牛郎
爱抚的臂膀

黑戈壁的柳绿

在西部，如果戈壁
是远乡的乡愁
那戈壁上的绿
则是乡人捎来的家书

一树柳絮，绿了戈壁
牵了乡愁
游子心里的圆月
在四月的夜晚清亮

母亲的味道

夜深人静，常常忆起

母亲的味道

灶台旁，母亲忙碌的身影

任劳任怨。一日三餐

温馨着儿女们对家的依恋

每当母亲的味道潜入

就乱了我的思绪

母亲味道，陪我一起长大

母亲味道，让我多了些家的牵挂

母亲走了，那甜美的味道犹在

自从自己有了小家

始终忘却不了灶房里

飘香的味道

在静谧的雪夜里读诗

静谧的夜晚，是生长诗的时节
诗的意境是眼睛，章节是
诗的翅膀。在今冬西部雪夜
我只是读诗
读诗，宛如我在诗斋
细细品尝一壶陈酿老酒
乌昌之地，我在静静读诗

今夜，我的诗绪
随着雪飘，落在树的枝头
落在城市喧闹的街巷
落在茫茫的山涧沟壑
静静读诗，我心已醉
每当读诗，我整个的诗斋
充满了暖暖的通亮

今夜，雪落无声
今晚，读诗有声

柔柔的诗声，在莫扎特的钢琴曲中
缓缓飘出，醉了自己，醉了雪夜
也醉了诗意的西部

夜晚读诗，是我人到中年的喜好
在月亮挂在夜空时
在繁星点点的时刻
诗意满满几平诗斋

等待和告别的表白（组诗）

初冬的戈壁，是否还在等我

初冬的戈壁，我好像答应过你
要和你，一起
走过千里荒芜
上天山过草原，风雪同伴

听说，伊犁昭苏的山冈长满雪菊
还有塔里木河边细密的胡杨
我好像答应过你
在某一个遥远的冬的黄昏
在最西部一遇相拥

在那戈壁上
久远的你，是不是
还在等我
还在向着东边的方向守望

告别，也是一件难事

时值寒冬。沙地上
掉落的沙枣，已被风沙掩埋
我要通向漫长的征途
和故地告别

在朝阳洒辉的清晨
我把故乡装走
种下粒粒相思
深深埋下永久的伏笔

该走了，将要
道一声告别
此时，心酸酸的
招手难以放下

用诗歌祭奠年轻的生命

——写在天津"8·12"大爆炸一周年之际

去年"8·12",那个落满星辰的夜晚

一场冲天的爆炸

震惊整个滨海新区。天津港

至今是国人痛断的伤城

那天,那些年轻的战士

在夜色里冲入火海

青春的年华

忘了母爱的关切

忘了给妻儿留下一句温存

走得那么匆忙

那个塘沽仓库

他们与火搏,在黑色

夜幕中冲锋

轰轰烈烈,他们忘记了

前面的火魔将吞噬生命

危难中，他们依然挺身而上
十八岁，青春光照的生命
在火的战场
演绎了悲壮的时代担当

年轻战士的母亲
那撕心裂肺的呼唤
感动了天地上苍
母亲，你为儿自豪吧
我和我的那些战友
要去远行
抗争天边烈焰的大火

今天，在烈士周年
我用诗歌的方式
献上最壮美的诗句
以诗祭奠
年轻的生命
那些最可爱的消防战士

奇台，丝路上的天堂（组诗）

走进奇台

一次邂逅，我走近你的身旁
触摸、走过，每条风情万种的街道
显现着西部神奇的美

一座西域古城。沿着商业街
我看到繁华的街市
哈萨克族人殷勤地，炫耀着
烤馕的手艺
这一天，旱码头下着小雨
走在古街，我恰如走在
江南梅雨蒙蒙的乌镇

灯光下，夕阳里的奇台
宛如一座金色天堂
夜晚，水上音乐广场
西域古乐"冬不拉"，听醉了那些

外来的驿站客

热闹的大巴扎，口里来的吃客

品够了"舌尖上的文化"

雪域下的草原

秋，牵着我走进

雪域下的草原。江布拉克

清晨，美丽的草原

如铺在山间的绿毯

夕阳里，翻滚的麦田

金色无垠

夜晚，圣洁的湖泊上

月光，如少女遮盖的薄纱

在雪域的怀抱里

听风赏月

站在微风吹过的麦田

似是梦里的故乡

走过一片白色的毡房

曾像我去过的故乡草原

漫步河谷，听溪水叮咚
疑是孩提时戏闹的水流

江布拉克，美不胜收
你是丝路上游人的天堂
塞外戈壁最美的乡村
打马而过，徜徉最美草原
在冰清圣洁的最美雪域
我心静如水

我触摸你

奇台，美如画卷
当我颤颤地触摸你
害怕将上天赐予的色彩涂抹
触摸你，许是一次写生的过程

风儿触摸你
给予你润泽的梳理
朝阳触摸你
你如春天萌动的生命

游人触摸你

使你刚刚叫响的乳名

得到远扬

古城虽老，但容颜如新

城市虽新，而文化悠久

酒香不怕巷深

奇台，如见我一世的情人

听《梁祝》之爱的柔美与哀怨

夜，在一曲交响乐里落幕
音符，缓慢地跳跃
爱，竟让乐章演绎得如此
荡气回肠
琴声婉转，静静聆听
真爱的旋律

夜色中，一曲《梁祝》
感染着尘封的思绪
美妙的韵律，柔和的弦音
让我如痴如醉

草桥结拜。一段令人陶醉的乐章
同窗三载。一场欢快、跳跃的激情
长亭惜别。梁祝难舍难分
逼嫁。管乐奏响愤慨、抗争和痛苦
楼台会。相会楼台倾诉衷肠
投坟。音符里的伤感与悲情

穿透我的脑际

舒缓而哀伤的柔美慢板
激怀如织的交响之美
让整个的夜，感伤、震撼
忘情而至，锣鸣心碎

曲终，悲情兮兮
情绪达到极致
梁祝爱的升华，让音乐表现得
淋漓尽致
一段化蝶。竟让世间一对情人
成为哀怨如恨的绝恋

藏在旧照里的诗意

故乡学友，你还好吗
在长满马莲花的草原
你，威武站立
如驻扎在草原上的毡包
雪域下的马营，曾在梦里邂逅
看见照片，我梦牵如月
怨不能插翅

想起过年，与几位发小畅饮
好似又回早年
今夜，借月问候
我的那些乡友
我乘星斗，飞回那个
夜宿敞亮的马营草原
以最纯真的拥抱
回归一次学生时代

今夜，星光繁华

一张旧照，勾起几多往事

人生如梦，不觉已是知天命

愿你，青春永驻

希望，耕耘，永远在路上

撸起袖子吧！幸福在等你

八月，行走在戈壁

在茫茫戈壁上
秋被阳光熏烤得如此滚烫
八月，想出去走走

黑戈壁上，一只落了单的羊儿
在艰辛地跋涉。此情此景
一只鹰在天空盘旋
可怜，那只鲜活的落单羊儿
能否逃过鹰的猎杀

行走戈壁，去大自然捕获诗的风景
到秋的季节挖掘诗的富矿
走近戈壁，去听听清冷的鸟语
站立戈壁，我似顶天立地
亲吻戈壁，我的奇特西部

西部，除了戈壁
也有美的风景。葡萄沟，草原，雪域

美不胜收。只有茫茫戈壁
有多少楼兰的世界和故事
城堡，村落，驿站，在戈壁下静躺

一路走来，最终没走出戈壁
只是把吟诵诗的声音
留在了戈壁，也留下了行旅的脚印
我敬畏茫茫戈壁

赛里木湖，你是上天恩赐的圣女

赛里木湖，我仰慕已久

你如上天圣女的眼眸

以纯色的蓝，灵动在圣洁的雪域

头枕天山，睡在草原怀抱

在秋风中，你的姿色

显露出哈萨克族古丽的柔情与羞涩

湖岸四周，打马而过的慕名客

轻柔在雪域照耀的波光里

此时，风挑逗着水波

宛如少女的裙摆

湖水的色彩，随着季节变化莫测

冬季里，雪域让她显得高贵，清冷

夏秋天，草原让她变得风情万种

绿得清纯，红得招摇

抢眼的黄，在湖水的揉弄下

显出西域女子的开朗与厚道

来不及赏识你的容颜

在湖岸的草原，我纵情放歌

像爱恋中的情侣，牵手相拥

站在果子沟山脊，就像

从山顶展翅的雄鹰，飞越

梦中的圣湖

赛里木湖，丝路上天水相连的异境

在圣湖，好似在世外行旅

秋风带我去郊游

秋风习习，田野如画
一群诗友，踏着金黄
走在诗意的秋，在大自然怀抱
沐浴秋阳

在乡野，青纱帐里甜香四溢
鸟儿在枝头打闹
农场菜园里，摘果拔菜的菜农
脸上挂满秋收的喜乐

品尝着瓜果，我想把秋带走
在冬季里腌制
或是勾起童年记忆。夕阳已落在树梢
我们都不想回家
人间美色，尽在乡野田间

难得一次清闲，就把自己交给秋吧
交给心脑放松的周末

回来的路上，车窗外不时飘下

秋风打落的金黄

回家了，心还未归来

眺望异乡的秋，想起故乡

走在西域秋的田野
大地仿佛是绘画里的铺彩
各式各样的黄，闪着金色
我像一介耕种的农夫
享受着颗粒归仓的喜乐

站立异乡的秋，想起故乡
田野里，母亲抚摸金黄的麦浪
就像是抚摸儿女的成长
麦场上，父亲扬麦的姿势
如同我们聚家的屋脊

金秋时节，在异乡
我抚摸金色的边城
在金浪荡漾的田野，轻吟
江布拉克的秋色

秋是迷人的魂。春播下种子

就期盼秋的收获

秋是深沉的，憨厚的

从不张扬富有和满足

放下秋继续冬的孕育

希望又一个春华秋实

喀纳斯秋色（组诗）

喀纳斯湖

喀纳斯的容颜，只是
留在过往的记忆里

那条湖泊，遥远得
像天边云彩
一弯月牙，成为特别的景致

两岸松涛，让碧水蓝得深沉
湖水如沧桑的牧歌
使远方的过客忘了回返

湖边草原，还有雪白的毡房
如同图瓦人的村落，一样悠远
湖上，那些漂流者
秋色里，寻找诗意的飞越

白 桦 树

你挺拔的样子
站在渐冷的北方
如一团火
像一幅俄罗斯风格的油画
成熟的少女
披着艳红的纱巾

走过茂密的桦林
秋已摇落轻黄的枝叶
金色铺满林荫
白色的身躯，披红戴金
站在巴哈村旁
等雪的盛装

禾 木 村

禾木村，一片原始的净土
那些低矮的木屋

或是袅袅炊烟，一幅
天边的神话
坐落在宁静的山水中

迷人的禾木河
诉说着久远的沧桑
和着村外草原上的马蹄
叩响边疆的平静

你湿润的夜幕，柔美的霞光
从天边降落。灵性的夜鸟
忘了归巢
山谷，世外的桃源
旅人陶醉在秋的禾木

边疆晚秋

瓜秧不再伸展，秋就接近了尾声
晚秋，北方农家
正忙于归仓
傍晚，田野没了虫蝇
麦地，秋风载着烟雨
挤进刚刚搭好的草垛

雁群南飞，乡村遍地耕种希望
玉米挂满房檐院墙
葡萄架下，殷勤的果农
将果实在秋里风干
乡村宅院，几杯月色、一缕炊香
醉落边城

在漠北，没有蛙鸣
只有瓜果雪莲
还有悲壮的驼铃，一弯
清冷静寂的月亮

夕阳下，途经克拉玛依

一曲《克拉玛依之歌》
把我带进这座传奇的油城
夕阳如血，老去的油井架
伫立在戈壁
成为晚霞中永恒的诗意

鲜花丛中，艾青端坐在大漠戈壁
诗人身后，是沙漠的美人
克拉玛依，戈壁上的黑色珍珠
我缓缓从你的身旁走过

啊，克拉玛依
记忆中最美的歌声
这激情之地，小时候
在洪亮的歌词中懂你

克拉玛依，魔鬼城的风
让你学会沉稳、刚毅

微风中聆听，那是油城

铿锵的阔步

克拉玛依，夕阳下

我在歌声中愉悦走过

西域，我的戈壁

西域，你一定是
我的戈壁。我踩着柔软的丝路
像是撒娇在母亲怀抱，如
苏州河上织坊的绸缎

喜欢戈壁
是因为你的广袤
喜欢大漠
是因为你的沧桑
面对戈壁，我走得很慢
害怕遗漏了鹰的飞迹
美的神奇

走在西域
如找到根的源流
走在戈壁
感到心的抵达
望着高高的博格达

我肃然起敬

行走戈壁，瓜地里飘出
古丽裙摆的香风
那条流韵的雪线
著称美誉的天山
横穿戈壁，我寻找诗旅的远方
在西域，在戈壁
人们以坚忍的姿态，如
生命不枯的胡杨

西域，我的戈壁我的根

跋

  盛夏过后，金秋悄然而至。就在这稻谷飘香的丰收季节，我的第五本诗集《行旅西部》也终于要与广大读者见面了。虽说对于一个爱好写作的人来说，这是一件非常值得高兴的事，但我内心并未感到一丝轻松，有那么一种道不明的压力和期盼久久不能释怀，我就像是一个已走出考场，却还未走出试卷的学生一样，期待老师满意的赞许。

  诗集《行旅西部》中的诗稿，是我从进疆六年来创作的近两百余首诗稿中精选整理的百首诗作。曾发表在《中国诗人》《中国诗歌》《克孜勒苏日报》《河南能源报》及中国作家网、中国诗歌网、诗歌阅读等报刊、网络平台上。本诗集共分为五辑，第一辑"站在高原"，第二辑"行旅西部"，第三辑"丝路如梦"，第四辑"诗情涌动",第五辑"诗在路上"。

六年前,我第一次踏上新疆这块热土,就开始写下我对这里的所有感受与理解。诗集取名《行旅西部》,因我的工作在祖国最西部,在这里,过天山,跨雪域,走戈壁,上高原,从中原腹地来到天山脚下,摸爬滚打,我和那些拓疆者,以豪迈的热情投入到西部大开发的洪流中。正是这种忘我的精神,开启了我写这本诗集的最初预想。

这本诗集还缘于父亲对我情感上的影响,常常在夜深人静、月挂树梢的时候,伏案写作,望月怀乡。二十世纪六十年代,父亲作为老一辈支援新疆的建设者来到新疆这片土地,十多年间以一个煤炭建设者的身份,在天山南北献身煤炭事业,把青春年华留在了这里。四十年后,作为"煤二代",我踏着父亲的足迹,又行旅在天山戈壁。基于这样的经历和特殊的情感,诗集《行旅西部》中的每一首诗歌都饱含了我创作的初衷,暗含了我创作的激情,也沉淀着我对故土乡情的情感升华。

诗集《行旅西部》出版过程中,得到了众多诗友和同仁的帮助和支持,特别是中国作家出版集团和春风文艺出版社对诗集给予了精心策划和宣传,诸位编辑在出版诗集过程中,给予我莫大的支持,付出了心血。《中国诗歌地理》杂志主编、诗人、诗评家赵福治为诗集出版提供了非常重要的建议；著名诗评家、诗人、中国作家出版集团主任杨志学先生，新疆知名作家、《新疆作家》主编张新荃先生欣然为诗集作了序。在此一并致谢。

这是一本有血有肉、充满激情的诗集，这里包含着我对行旅西部最诚挚的情感，对天山雪域以及帕米尔高原的敬畏之情，还有我那念念不舍的乡土情结。面对这大美疆域，我怎能不诗情涌动。

诗集虽然出版了，但存在很多的不足和缺点，恳请广大读者和诗友多提宝贵意见。

王金海

2017年8月于新疆乌鲁木齐